TRES METROS CUADRADOS
DE PURGATORIO

María Elena Hernández Caballero nace en La Habana, Cuba, en 1967. Ha publicado los poemarios: *El oscuro navegante* (Ed Matanzas, Cuba), *Donde se dice que el mundo es una esfera que dios hace bailar sobre un pingüino ebrio* (Premio David de la Unión de Escritores y Artistas de Cuba, 1989), *Elogio de la sal* (Ed cuarto Propio, Chile, 1996), *Electroshock-palabras* (Ed La Bohemia, Argentina, 2001), *La rama se parte* (Ed Torremozas, Madrid, 2013) y *Yo iba tranquila dentro de una bala* (Ed Verbum, Madrid, 2016), *La noche del erizo* (Editorial Casa Vacia, 2018); además de la novela *Libro de la derrota* (Azud Ediciones, Argentina, 2010; Hypermedia 2015). Poemas suyos aparecen incluidos en antologías sobre poesía cubana actual, como son: *Retrato de grupo* (Letras Cubanas); *Un grupo avanza silencioso* (UNAM, México); *Otra Cuba Secreta* (Ed Verbum, Madrid), *80 años de poesía cubana* (por Margaret Randall, Duke University Press 2017), entre otras. Además colabora con diarios y revistas literarias latinoamericanas, españolas y de Estados Unidos. Reside en Miami desde octubre del 2016.

María Elena Hernández Caballero

TRES METROS CUADRADOS DE PURGATORIO

De la presente edición, 2018

© María Elena Hernández Caballero
© Editorial Hypermedia

Editorial Hypermedia
www.editorialhypermedia.com
www.hypermediamagazine.com
hypermedia@editorialhypermedia.com

Edición y corrección: Ladislao Aguado
Diseño de colección y portada: Herman Vega Vogeler

ISBN: 978-1-948517-14-0

LA MASCOTA

La señora de Fernández, presa de gran excitación, se asomó sobre la baranda. Al cabo de unos segundos se animó a preguntar qué estaba pasando. Mientras echa su bote al agua el joven se da vuelta y le dice que van a resucitar los muertos.

Hubiera soltado una risotada de no ir atada por una correa al señor Fernández. El señor Fernández, que avanza unos pasos adelantados, anuncia en tono circunspecto que su mujer acaba de aterrizar.

—¿De dónde?

Pregunta el otro. Impasible los observa. Sobre todo a ella que se le acerca, gorda, torpe. Sacudiéndose el polvo como un perro ovejero.

—De la luna – responde severamente el señor Fernández.

La señora de Fernández tose dos veces. Acostumbrada como está a vivir desconectada de la realidad, disfruta cada segundo de su estadía en Babia. O en la luna, como quisieran llamarlo. A ella le daba lo mismo. Era un problema de interpretación de los otros. Para vivir conectado y aterrizando estaba él. Los años transcurridos en Babia su vida se había tornado en algo llevadero. Allí se sentía cómoda. Hasta se había convertido en una mujer práctica, menos sujeta a formalismos. Y sobre todo, podía permitirse algunos lujos. Como este de reír a sus anchas. Nadie la obligaba a gobernar las fluctuaciones del cuerpo que se ponían en marcha apenas soltaba la primera carcajada.

Por eso trata de olvidar el comentario y pone cara de mujer aterrizada, en su sano juicio.

—¿Qué muertos? —pregunta con sencillez.

—Todos —responde el joven. Y agrega—: Busco a mi madre.

La señora de Fernández tose de nuevo y tira de la correa. Por primera vez se siente sofocada dentro de aquel lazo.

Su marido ponía atención exagerada a lo que diariamente sucedía en cualquier rincón del mundo. Los noticieros eran su obsesión, y hasta podría decirse que estaban casados con Rodrigo, el periodista favorito de la radio. Esta madrugada dormía con ellos, pues fue precisamente él quien los sacó de las sábanas con un anuncio insólito. Y ahora el señor Fernández la arrastraba hacia la orilla del río obligándola a dar saltos, tropezones. Y todo ese esfuerzo, esa energía desperdigada ¿para qué? ¿Qué habían ganado con ser los primeros en llegar aquella noche, cuando Rodrigo anunció que había reventado un galpón en aquel terreno baldío, o aquel otro día cuando un adolescente mató a tres en el colegio, o inclusive ese otro cuando una mujer paría en la calle y no encontraban ambulancia?

Otros creerían que el señor Fernández transportaba ganado pero, solo ella que le era incondicional, sabía los extremos a los que podría llegar en su sana disposición de ayuda rápida al prójimo. A diferencia suya, el señor Fernández se aferraba al mundo. Era bombero

10

ocasional, ayudante de la cruz roja, reportero, escalador, explorador nato. Una vez seleccionada la noticia, la arrastraba con él sin remordimientos ni consideración.

Ella tose. Se sacude nuevamente y piensa: Siempre igual, a esta hora Rodrigo debe estar desayunado en su casa, con su mujer e hijos, y nosotros aquí, poniendo el cuerpo a la noticia.

—Si perdió a alguien – escucha muy cerca—, mejor es que busque algo que la ayude a atravesar el río.

El joven intenta ser amable, trata de esbozar una sonrisa para suavizar el gesto descompuesto en la cara de la mujer. Luego toma los remos y salta dentro del agua.

Les dice adiós con la mano.

La señora de Fernández observa, todavía incrédula, las embarcaciones pequeñas que surcan el agua turbia y se pregunta, absurdamente, cómo hace esa masa compacta de gente para evitar embotellamientos.

Da otro paso y siente que se afloja el nudo. ¿Cuántos nudos harían falta aflojar para evitar la presencia de este otro? El que acaba de atraparla por la garganta. Porque siente que su garganta crece. Algo quedó atrapado ahí luego del rápido desayuno y ahora entorpece el flujo de saliva. Escupe. Pero nada. Esto es más de lo mismo, piensa. Un tubo atascado esperando por la pericia del señor Fernández.

Con torpeza da otro paso, y entonces, lo descubre saltando al agua.

Él intenta retener al joven y ella queda, sin aviso previo, sola en aquella jungla. Aturdida arrastra el lazo. Es imperioso gritar. Pero tampoco puede. ¿Dónde estará Rodrigo con su gran antena satelital? ¿Por qué no está ahí para escucharla, Rodrigo que lo sabe todo? ¿Por qué nadie viene en su rescate?

A pocos metros todavía está él. Gesticula. Lo escucha como si los separaran kilómetros.

Logra atrapar ecos de la conversación: Se trata de una alucinación colectiva, ¿no se da cuenta? Se equivoca, intenta convencerlo el joven. No. No me equivoco. Pues para que lo sepa, esto es más real que un edificio.

El señor Fernández se arrodilla en el agua. Suplica a un desconocido total y ella, impotente, perdida, se arrastra hasta la orilla.

Se saca un zapato y mete el pie. El agua está helada. Tan helada como el cadáver aterrizado que sentado contra una roca la mira con atención.

Se estremece.

—¿Quién es? —con dificultad pregunta.

—Es mi padre.

La mujer se aparta del cadáver. Saca un retrato y se lo muestra. Mira, le dice, ¡está intacto! Ella apenas escucha. Piensa en el señor Fernández y en los embotellamientos. ¿Cómo iba a poder rescatarla?

¿Cómo podría salir de allí? ¿Y si en verdad había llegado el día del juicio? Si así era debía ser amable, pues si el señor Fernández no regresaba tendría que sujetarse quién sabe por cuánto tiempo a lo único vivo que tiene cerca: esta mujer.

Atrapa con ambas manos su garganta. La pregunta es gutural:

—¿Cuándo murió su padre?

—Hace veinticinco años, yo solo tenía dos.

—¿Veinticinco años?

—Sí, como lo oye.

A pesar del esfuerzo, de las ganas abrumadoras que tenía de conectarse, seguía sin aterrizar, solo preocupada por el señor Fernández. No comprendo qué pasa, susurra, veníamos a rescatar a alguien, pero ahora, ahora no queda espacio en el río. Parece obra del demonio.

Entonces la otra, que ya tiene una opinión formada de la gruesa mujer, toma una decisión. Se levanta y, sin más preámbulos, le pide que cuide del cuerpo. Ella debe volver al río.

—Pero no puedes dejarme sola —suplica la señora de Fernández. Llora. Se limpia las lágrimas con el lazo. Y, entonces, se arrodilla como ha visto hacer a su marido y decide—: Voy contigo.

La otra es enérgica. Niega con autoridad. No quiere escuchar ruegos ni súplicas subidas de tono, como esta que la deja con la boca abierta: Puedo remar. Soy buena en eso, lo juro.

Tiembla hasta la raíz del dedo gordo del pie. Pero la mujer está apurada. Se sube a la lancha y enciende el motor. A la señora de Fernández ya nada le importa. Prefiere lanzarse y nadar en medio de los cadáveres que cuidar de un solo cuerpo. El agua del río era más segura. Si los muertos que ahí flotaban iban a resucitar, ¿por qué tendría que ahogarse ella?

Todos la abandonan. Está más desamparada que el cadáver dejado a su cuidado, que por lo menos la tiene a ella. Es cierto que muerta de miedo. Pero parada y respirando.

Él había jurado defenderla y a esto se reducía ahora el matrimonio: a un punto diminuto sobre el agua sucia. Como si no tuvieran otra cosa que hacer que socorrer a todos.

Finalmente, tose. Grita confusa, oprimida, como si le gritara a él:

—¡Dios, a lo que hemos llegado!

Ahora se tapa los oídos. Ya no distingue los bocinazos. No en este mundo sonoro. En Babia no hay ambulancias. No existen estaciones de bomberos ni de policías. Allí puede andar suelta sin temor.

Por otra parte, nota que está agotada y que el cadáver se ha puesto demandante. Después de esto, se pregunta, ¿cómo podré volver a la normalidad?

Y, cuando ya daba todo por perdido, apareció su marido. Detrás venía el joven. Parecían tristes, desorientados.

Paralizada, pero llena de esperanza, intenta sonreír.

El joven hace evidente la derrota. La esquiva. Se sube a la camioneta, enciende el motor y espera. Entonces, con total impunidad, el señor Fernández se le acerca. Intenta agarrarla por la correa.

—Vamos a casa —le ordena—, en pocas horas vendrán a drenar el río.

—Pero no pueden hacer eso.

La protesta rebota y la golpea en la cara. Él mueve intermitente el pie, señal de agotamiento de la paciencia que ella conoce bien.

Entonces, la señora de Fernández lo aparta con odio. Está poseída por una repentina frialdad. No lo acompañará. Menos ahora que tiene una resolución, cosa improbable un tiempo atrás. Cumplirá su promesa. Hasta que la mujer vuelva, no se moverá de allí por nada del mundo. Ni siquiera por él. Da la espalda a su marido y de inmediato se sujeta con la correa a aquella otra pierna de hombre.

LA PIEDRA

Ella se acercó y me dijo: dice que te quiere muerta. Dice que me quiere muerta, el diablo se la lleve. A ella y a la otra. Me quedé observando su rostro por brevísimos segundos. Su goce era maligno. Estrujaba con su mirada de águila. Quise preguntarle por qué si así andaban las cosas me había permitido entrar. Pero me contuve, disimulé mi inquietud. Mis ojos se deslizaron ansiosos hacia la escalera que ocultaba la habitación de arriba. Ella sonrió. Intentaba decirme que no pararía hasta verme convertida en un gusano. Pero ese gusano, aún pisoteado, se arrastraría hasta llegar a los pies de Olivia.

Había pasado cerca de un mes desde que tuve que tomar una decisión extrema, obligada por las circunstancias. Corrí. Corrí. Corrí. Durante horas fui solo eso: una cobarde. Me arrojé a los pies de la nada solo para salvar mi vida. Y ahora Olivia me odiaba por eso. Y también Leonor.

Leonor: los mil demonios, el diablo, la bruja de la escoba se la lleven.

Ahora: ¿qué pediría a cambio?, ¿mi arrepentimiento? Pues bien: yo le daría más. Si me querían muerta, estaba lista. Que llegaran, por fin, las torturas imaginadas. Es más: las deseaba, ardiente, profundamente. Marcharía al matadero como una posesa.

No escaparé más, grité.

No más.

¿No ves que estoy lista para saltar? El demonio me quiere para sí.

Mis ojos se deslizaron, nuevamente, hacia la escalera. Tenía que subir. Subir. Solo subir y ofrecerme. Y besar los pies fríos. Porque sus pies debían estar fríos. Tan fríos como la muerte que no llegaba.

La muerte se la lleve y me lleve también.

Ella me paralizaba con sus ojos. Y, entonces, supe que mi destrucción sería lenta, dolorosa y llena de sutilezas. Eso envidiaba de Leonor: las sutilezas. De ella aprendí muchas cosas, algunas en extremo degradantes. Hasta que la conocí no había imaginado lo bajo que se puede caer cuando se es muy joven e inexperto. Sin embargo, secretamente, yo había avanzado mucho. Ahora era una arpía hecha y derecha. Lista para dar batalla.

Desde esa altura ganada me atreví a mirarla desafiante. Me quedaré un rato más, le anuncié sin moverme del asiento. Torció los labios antes de mostrar los dientes. No tiene sentido, me dijo con frialdad, sabes que no participo de esto. Me atreví a contradecirla: Te equivocas. Participas de todo, incluso de esto.

Sonrió.

En su rostro ahora había perplejidad. Pero todavía me observaba por encima del hombro. Yo le hubiera gritado: Leonor, Leonor, ven a revolcarte conmigo en las tierras gobernadas por el demonio. ¿Todavía te parece que no tengo ningún encanto?

Porque desde el primer día, cuando Olivia nos había

presentado, ella se había esmerado en hacerme sentir cuál era mi lugar. Solo contaba como un capricho. La golosina que durante algún tiempo Olivia se llevaría a la boca. Así me veía: suave y empalagosa como un chocolate.

Ella se llama Leonor, el diablo se la lleve.

Un rayo la parta.

A partir de entonces viví con temor. Con miedo atroz de ser abandonada. Los celos me atraparon por la raíz del pelo y no me soltaron. Así sigue siendo hasta el día de hoy. (Otro rayo la parta).

Pero ahora, mientras la tenía parada a escasos centímetros y respirándome en la cara, pude ver con claridad: Leonor me temía. Y si me temía, que se preparara. Me estiré en el asiento para disfrutar del súbito descubrimiento. Mírate, le dije, ya no pareces un general. Ahora eres una vulgar carcelera.

Rió exageradamente.

Avanzó hacia mi unos pasos. Luego retrocedió confusa. Noté con regocijo las pequeñas pulsaciones en el labio superior. Aquel tic nervioso era nuevo. El diablo se había instalado a soplar sobre su labio superior sin pudor alguno.

Qué debilidad: Leonor. Leonor. Leonor. Qué torpeza.

Pero te encantaría ocupar mi lugar, me dijo y yo sentí que tiraba de mi cabello. ¿Tan bajo había caído? ¿Dónde había quedado aquella conversación culta y monocorde? Estaba vacía. Sin contenido. Observando sus movimientos de trasto mal parado comprendí por qué Olivia me había elegido. Ella era inteligente y vieja y yo joven y bella y con ganas de ser feliz.

Otro rayo las parta.

Encendió un cigarro y se me acercó mucho por encima de la mesita de luz. Apretó las manos. Las enroscó. Las desenroscó. Cómo me hubiera puesto a soplar sobre la boca temblorosa. Nunca entendiste, me dijo, si lo hubieras hecho, la historia sería otra. Pero tú, que siempre sabes todo, ¿por qué no la protegiste?, le respondí y me quedé absorta en la contemplación del nuevo latido.

Solo dejo que te quedes, me dijo secamente, por ella. Y entonces, y entonces, me atreví a preguntar en un tono que irritaría a cualquiera: ¿solo por ella?

Achicó los ojos negros hasta dejarlos pequeñitos. Buscaba concentración, intensidad máxima. En otro momento hubiera podido fulminarme. En otro momento, porque ahora yo tenía el coraje de sostener el peso de esa mirada.

Dejo que te quedes para que me recuerdes lo equivocada y ciega que estaba ella, dijo y agarró un cenicero y se sentó en la otra silla, al otro lado de la mesita. Tuve ganas de correr. Correr nuevamente. Huir. Huir. Huir de aquella casa custodiada por la carcelera de hierro que templaba el acero llamada Leonor, el diablo se la lleve.

Pero a esa altura ya sabía que quería decirme algo y no se animaba. Si me iba, quizá nunca me enteraría. Los carceleros saben muy bien cuándo abrir o cerrar una puerta. No se abre la puerta de una prisión sin consecuencias. Leonor: abre la puerta, ¿no ves que soy toda oídos, que soy paciente?

Esta vez me sorprendió el tono persuasivo con el que intentó llamar mi atención. Sigues sin comprender, me dijo. Y yo alerta, desafiante: Tengo mucho tiempo. Si no te importa, me gustaría entender. Entonces ella escupió cada sílaba: nunca pude comprender… la violencia conque entraste a mi vida.

Apenas unas palabras y zásss.

Zásssss.

Záaaaaassssss.

Encendió otro cigarro. Era un hecho: deseaba hablar. Pero, ¿por qué conmigo? Porque hubo violencia: ¿o no? ¿O no?, preguntó y apagó el cigarro casi sin consumir. Me miró directamente a los ojos. Clavé los míos en el cenicero. La punta quemada del cigarro me daba la espalda. Otro rayo me parta preguntó: ¿O no?

Ella pule el acero. A toda hora sin descanso. Su nombre es Leonor, el diablo se la lleve. Y me lleve.

¿Violencia? —pregunté.

Agarró el cenicero, empezó a dibujar círculos con el cigarro apagado. Giró la punta quemada hacia ella y luego, con impaciencia, preguntó: ¿Olivia te contó alguna vez… cómo era mi vida…cómo era nuestra vida antes de que aparecieras? Violencia callaba para no generar más violencia. Finalmente, Violencia murmuró: nunca quiso decirme mucho y yo me limité a tomar las cosas como venían.

Se levantó, caminó por la sala. Violencia despertó, pero no quería generar más violencia. Y, si subía y me tiraba a los pies de Olivia.

Ella se volvió hacia la escalera. Le temblaba ligeramente la barbilla. Retrocedió. Volvió a sentarse. Pero, ¿no hablaban del pasado?, preguntó. ¿Del pasado?, le contesté triunfante. Para ella solo había presente.

Demonio atravesó su rostro y lo surcó, abierta, una arruga en medio de los ojos. Ya fuera por la duda que también me corroía, o tal vez, para mostrar un poco de piedad, pregunté qué le había dicho de mí. Y entonces, por un segundo, pareció humana.

Si te cuento, tanteó, ¿te quedarás? ¿Quedarme? ¿Para qué? Para todo.

¿Qué es todo?

Para entender que la llevó a esto…

Violencia calló. ¿Hasta dónde era todo? ¿Y ese todo,

cómo sería usado después? No debía olvidar: Leonor era una víbora. Y tú, dudé un segundo antes de preguntar, ¿me dejarás verla? No tengo opción.

Así que no tenía opción.

Lo que dije después fue casi un ruego: si nos hacemos daño, ¿podremos parar?

Podremos.

Violencia objetó todavía: sabes que no te quiero.

Lo sé y no me importa.

Volvió a observar la escalera. Parecía tan fácil subir y pedir ayuda a Olivia. La despertaría. Gritaría. Rebuznaría. O cloquearía sin cesar. Poco le importaba comportarse como una gallina acorralada.

Violencia sentía una opresión en el pecho que la sofocaba. No creo que pueda, dije.

Podrás, dijo con suavidad Leonor, el diablo se la lleve.

Subimos en silencio las escaleras. Cada escalón me golpeaba con complicidad. Por primera vez los conté. Abrimos la puerta y allí estaba ella, inmóvil, dura. Altanera. Nos sonrió desde la cama con desgano. Y entonces supe que nos estaba esperando. Los instantes intensos son solo eso: instantes, porque un instante bastó para que comprendiera todo. Por fin, asentí. Ella tomó mi mano. La apretó.

Dicen que sus últimas palabras fueron: tírenme escaleras abajo. Pero lo que en realidad dijo quedará sepultado como una piedra queda sepultada por otra.

LECTURA DE MANO

Para LLeny

Hay que pasear con Lucía y que una gitana te lea la mano. La mano abierta está impregnada de vacío. Es un objeto extraño, ajeno a mi necesidad de disfrutar un domingo en compañía. Lucía la agarra y la observa con desgano. Dice que la tengo cansada, tiranizada, que la agobio y que mi mano en blanco es otra provocación. Lo hago a propósito, dice. Para molestarla. Para llenarla de vergüenza como hago siempre. Que me la corte, pide. Que la arroje lejos. Muy lejos.

Lucía está impaciente. Me golpea con la punta del pie y mira para otro lado. En ese otro sitio prohibido para mí congela la mirada.

Entonces la gitana atrapa con fuerza mi mano. Abre mucho los ojos. Finge desconcierto, preocupación. Pregunta todo. ¿A dónde escaparon las líneas? Las enumera: las marcas de los hijos, las de la vida, las del dinero, la del corazón y de la cabeza. ¿Dónde está el monte de Venus? No es posible, comenta y busca mi rostro desafiante.

¿Cómo te dejan andar suelta? —pregunta.

Intuyo que es en vano, pero igual intento buscar su complicidad. Me le acerco cauta, precisa. Lucía me grita que llevo catorce años haciendo lo que quiero. Que tengo una deuda enorme con ella.

Mis dedos llenos de sortijas se expanden amenazantes como tenazas y soportan el enojo de Lucía, el aire comprimido por la invasión de gitanos que ocuparon la plaza horas atrás, cuando todo aún estaba en su sitio.

Debe ser un error, me justifico, seguro que a todos nos pasa.

Agotada y con la mente en suspenso, me extravío en medio de los árboles, aspiro la hoja de plátano. La primavera llegó con virulencia y también hace lo suyo, todo amenaza hoy con entrar y corromper mis pulmones. Pido permiso a la gitana. Voy a llegar tarde, le digo. Estoy atemorizada, en falta.

¿Por qué habré tomado este camino?, me pregunto, cuando en verdad está lleno de contratiempos y me aleja de la cafetería. Prometí ser puntual. ¿Y si retrocedo y doy toda la vuelta? ¿O, tal vez, debo tomar por la diagonal y evitar lo que queda de plaza?

Lucía da vueltas como una calesita alrededor nuestro. La gitana llama a otra que se acerca. Toma con arrogancia mi mano y corrobora. Luego viene otra. Y otra.

Curiosos merodean los gatos. Pero uno se aleja y me observa. Siento que me conoce. Estoy presa, lastimada, a punto de pedirle ayuda. Ahora me pasa muy cerca, arrastra desprevenido la cola. Las gitanas entran en pánico. Quítate maldito, amenaza una. Y otra: las casualidades no existen.

Coro de gitanas chochas, ahora están apiadándose de Lucía.

Aprovecho este descuido para observar mi mano: sigue vacía. Debe ser un problema hormonal, me excuso. O tal vez de circulación. O de presión arterial. Y agrego con pudor: Últimamente no he andado muy bien.

Ellas comentan algo aparte. La más vieja se acerca, hace alarde. Toma mi mano y la inspecciona con rigor. Oprime el dedo pulgar, las falanges. No tiene huellas dactilares, murmura y da vuelta la mano. Observa las uñas, no le dicen nada. Nada le dicen los nudillos. Ya les dije, comenta en voz alta a las otras, no hay nada.

Usted es una mujer anónima, me dice por fin y noto en su rostro un gesto de conmiseración.

La hoja de plátano baja por mi garganta y Lucía sube otra vez, rebosante de adrenalina, hasta mi mano. Tiene un puñal y me lo clava. Saco unas monedas.

Ya está bien, les digo, ya está bien. Vuelvo otro día.

Pero ellas insisten agarradas de mi mano. Ojalá te mueras, me dice Lucía y escapa. Trato de convencerlas.

Tomen, les digo, quédense con mis sortijas.

Ellas niegan con todo el cuerpo, el tiempo perdido conmigo vale más. Observo los árboles. Todo florece. Demasiado esplendor para un camino que solo debía llevarme a la cafetería.

Insisto ahora con todo lo que llevo en la cartera.

Lucía me grita, corre. El puñal ataca, soy toda masa invisible, etérea. Pronto vendrá la policía y me llevará. Cierro brevemente los ojos. Los abro. Estoy sola.

Las gitanas se han mezclado con algunos transeúntes, observan la mancha de sangre sobre el asfalto y, a pocos metros de la diagonal que conduce a la cafetería, yace el cuerpo todavía caliente del gato.

Lo pisó un ómnibus, dice alguien.

Lucía, arrodillada, trata de contener su sangre. Me mira brevemente con odio. No aguanto más. Llegó la hora de pagar mi deuda, voy a entregarme. Me iré por el otro sendero, el corto que conduce a la comisaría. Confesaré todo. También les pediré que tengan clemencia porque tengo un mal día y porque prometí ser puntual.

TRES MARÍAS

Abuela ha llorado toda la noche y mamá tiene un nudo en el pecho. Angustia. Cansancio. Arritmia. Vergüenza acumulada durante años, dice mamá.

Abuela, mamá y yo. No aguantamos más.

Abuela está cansada. Mamá se lamenta. Está harta de ser hija y madre. Y yo cuento los días que faltan para que nos visite mi tía. Mi tía llega con mis dos primos y entonces empieza la tortura de mamá y el jolgorio del resto.

Jugamos a la gallina ciega: abuela deja que le cubramos los ojos con el pañuelo por puro formalismo porque ciega ya estaba de antes.

Pero la ceguera desaparece de pronto y me atrapa.

Ella tiene cuatro ojos, lo sé: soy su pollo preferido.

Mamá me obliga a conversar sobre su hermana. Hace un año que no se ven ni hablan. Mi tía está siempre muy ocupada y le deja, los sábados, un mensaje en el contestador del teléfono.

Mamá tiembla y abuela mueve toda la carne mientras la meten en la bañera. La acuesta dentro.

Abuela protesta. Dice algo contra la horizontalidad. Con dificultad se levanta y abre la grifería de agua caliente. Segundos después, abre también la fría. Alcánzame el frasco con sales y un estropajo, me ordena mamá.

Se los alcanzo y ella dice algo acerca de la economía. Mamá es ahorrativa. Deja caer tres o cuatro granos en el agua tibia. Toma luego el estropajo y lo refriega con fuerza. Abuela no tiene espalda, tiene un lomo.

Hitler, le grita. Y se acuesta de nuevo en el fondo de la bañera.

Por la ventanita, por encima de las dos cabezas, asoma una rama de guayaba. Pronto llegará mi tía y con mis dos primos nos subiremos ahí para espiar el baño: mamá abre la ducha, pero no se mete debajo. Sale de circulación y el agua corre sola. Mi tía, en cambio, canta. Canta.

Tira al piso el estropajo. Un día voy a cavar un túnel y apareceré en China, amenaza mamá. Es muy fácil llorar por todo, añade mientras cierra los dos grifos.

La gallina ciega chapotea en el agua. Vigílala, me ordena mamá. Miro sus ojos secos como almendras antes de que me deje cuidándola sentada en el banco.

Odio sus almendras. No son hereditarias, pues la abuela tiene pasas de uvas. La rama reverdece y ya pueden notarse los pequeños bultitos. En verano nuestro jardín se llena de guayabas, yo las recojo del piso y mamá las vende. Pero no las regala.

Solo a mi tía que le encantan y se lleva una bolsa grande.

Abuela chapotea en la espuma. Asoma la cabeza y abre las dos pasas de uvas húmedas. Pero yo sé que son cuatro.

—¿Quieres ahogarme?

Escucho pero no le contesto. Sigue hablando con mamá. Me levanto para estirar las piernas y descubro detrás del inodoro las maniobras que hace una cucaracha. Intenta sobrevivir al veneno, que ya ha tragado.

Mamá me pide que las pisotee para terminar con el sufrimiento de las pobres. Les tiene asco. Y miedo. Yo también, pero aún así debo pisotearlas para calmar su ansiedad.

—Sé que estás ahí.

Vuelve a gritar la abuela. Ahora hace burbujas espesas. La cucaracha da vueltas y aún falta mucho para que llegue mi tía. Hitler nada hace para aliviar mi dolor.

Del otro lado ella acecha. Se estira, se queda tiesa con la oreja pegada a la puerta.

Por el tragante del agua, la cucaracha medio muerta, escapa. Abuela llora. Voy a cavar el agujero por el que mamá escapará a China.

TEMO POR LENIN

Este es para Sara, mi vecina, que está sorprendida con mi visita y quiere un cuento de invierno. Solo que no hay nieve, le advierto. Ni la habrá. No en este cuento donde día y noche paleo nieve. No de la ya conocida. Sino otra. Estéril y seca.

—Lenin, hijo de tu madre.

El hombre lo agarra con fuerza de la oreja. Lenin tiene siete años y la mandíbula caída. Me mira y mira la nieve. El agua que sudo.

Estás mojada, dice con orgullo. Te mojas solo para mí. Para no secar sobre lo seco.

Lo sueltan y Lenin ríe. Corre. Me abraza.

—Otra vez negra.

Se queja el hombre.

Hace un gesto de desprecio. Me recuerda que ya va para el año. Pregunta por qué, con tantas nevadas, no puedo entregarle de la buena. Está agotado. Mi inutilidad parece irreversible y no da para más.

Suelto momentáneamente la pala. Tomo el rostro de Lenin: le falta otro diente. Todo mi ser interroga. Él comprende. Se lo llevó el ratón mamá, se justifica, a pesar de tenerlo atado con un cordel.

—¿No es cierto?

Pregunta buscando en vano la complicidad del hombre que adrede lo ignora. Y que da vuelta en redondo como si estuviera acorralado. Salta, fiera herida, sobre mi trabajo de varios días, esparciendo el montículo de tierra apilada.

Lenin insiste:

—¿Es cierto que algún día saldrá blanca?

—A tu madre le sale negra.

Solo porque nació el día que el otro se llama así. Por esta cómoda manía de respetar santorales. Por excentricismo. Y por adulación. Y yo cedí. Con mi propensión a decir a todo que sí, pujé y grité como quería él cuando el reloj marcaba las 23y50. Reuní y utilicé todas mis fuerzas para que su pequeña cabeza asomara en ese minuto y no en otro. De haber intuido a dónde conduciría mi ingenuidad, hubiera aguantado quince minutos más. Quince minutos más y ahora Lenin sería libre.

—Sigue sin aparecer el diente —dice Lenin.

Debe estar pudriéndose debajo del colchón, comenta con sorna el hombre, o escondido en alguno de los frascos de tu madre. Y agrega pasándose la lengua por los labios: Con la sequía que hay. Luego, se desliza a lo largo de la silla plegable. Se acomoda y nos observa. Mascula todavía otras incomprensibles palabras.

Aprovecho que está prácticamente horizontal y comento, mientras empujo la pala con todo el cuerpo hasta hundirla en la tierra, feliz de arrasar con todo como un carnicero:

—Deberíamos terminar con esto.

—¿Con qué?

Comida por el cáncer que de seguro tengo insisto:

—Sabes de lo que hablo.

—No lo sé.

Y yo batiendo la pala salvaje, vuelvo al ataque:

—Debemos ir al registro civil.

—¿Qué cambiará con eso? —pregunta divertido.

—Quiero saber si es posible.

—Otra vez con lo mismo.

—Él no puede seguir así.

Lenin está alerta. Sabe que hablamos de él. Intuye lo que viene y corre adentro. Tardará lo que se espera que tarde. Sobre todo ahora que está enamorado. Se pone flaco en silencio por su prima Milady. Desoye mis advertencias. Sabe que me opongo a esta conjunción onomástica inaceptable. A la futura atrocidad genética. Cualquier excusa le sirve para esconderse y pensar en ella. Y claro está, tocarse hasta quedar ojeroso.

De tanto forzarla, la esquina derecha de la pala es ya una espada afilada. Rabiosa, muerde la tierra hasta hacerla sangrar. Tal vez esta voracidad es solo el comienzo, pienso. Tal vez del negro salga rojo. Y del rojo, purificándolo, blanco.

Cualquier día voy a salir en su busca y obligarla a terminar con esto. Egocéntrica y perversa, Milady hace ostentación de la extraña herencia que le ha tocado y juega con ella. Tensa la cuerda que ha dividido a la familia. Con solo doce años camina provocativa, usa tacos altos y lo seduce.

Pero esta vez otra cosa habrá encontrado Lenin debajo de la cama. Aparece antes de tiempo esbozando una sonrisa por detrás del hombre.

Lenin proclama a los cuatro vientos que acaba de encontrarse con Lenin. Descubrió muchos. Doblados y arrumbados en una caja. Nunca lo hubiera imaginado, grita, hay de todos los colores y tamaños.

—Pero a ninguno le falta un diente —agrega decepcionado.

Estiro las piernas y juego nerviosamente con la esquina de la pala que promete. Entonces, descubre el hilo de sangre en la tierra y pregunta:

—¿Y luego será blanca, mamá?

Todavía recostado, mimetizado con la silla, el hombre se inspecciona las uñas.

—Tal vez —comenta saliendo del anonimato—, si sale blanca y húmeda, podamos ir al registro civil.

El corazón me da un vuelco. ¿Para qué continuar paleando? No sacaré esa clase de nieve en este cuento donde la tierra sangra. Ni en otro donde continúe negra y seca.

—A Lenin le pusieron una soga en el cuello, mamá —grita, sorpresivamente, Lenin.

Me alcanza la revista vieja. Los ojos vacíos de la estatua me miran con pánico. Me lleno de ese desasosiego. Hacia esa muchedumbre, también, de rencor. Está a punto de ser derribada.

El hombre no soporta más. Salta de la silla. Agarra al muchacho por un brazo. Crispa los dedos y hace con ellos un nudo. Abre la boca, hambriento. Se desliza dentro de su oreja. Y se la come. Lenta, prolijamente.

—Acabemos con esto —gruñe después.

Y se lo lleva.

HERENCIA

De niño tuve escaso talento. Solo era bueno para una cosa: acumulaba paciencia. Tampoco poseía cualquier clase de paciencia. La mía era una espera porcina.

Aprendí a tolerar muchas cosas. Sin embargo, una había que me hacía perder el sueño y la razón. Era una garganta. No boca ni lengua. Solo una garganta estrepitosa, sin filtros ni impedimentos para manifestarse entera. Porque (es hora ya de admitirlo), él era poca cosa comparado con su garganta. Ella era un ser. Grotesco, pero un ser. Me perseguía a todos lados. Yo le pertenecía. Le temía. ¿Cómo no temerle?

Tiene esa garganta, lo defendía mi madre, por mascar a escondidas tabaco.

Entonces le rogaba yo a ella:

—Que deje el tabaco. Que lo deje, madre. O muero.

Cuando a mis siete años el médico le prohibió el tabaco, recién ahí tuve la esperanza. Con suerte, bastarían par de meses de abstinencia para que su imperiosa necesidad de acumular ruido se agotase en sí misma.

Empecé a espiarla. A cronometrarla, comparando cada movimiento suyo con los latidos de mi corazón. Y, también, intenté medir su alevosía colocando pequeños grabadores de sonido por todos los rincones. Yo la seguía en secreto por los pasillos, cerraba ventanas si hacía frío. La cuidaba mientras dormía parado como un esclavo delante de su puerta.

Aprendí a mezclar el contenido de aquellas grabaciones con sonidos de la naturaleza con la esperanza de hallar cierto decoro.

Era mi secreto, yo avanzaba. Dentro del escaparate había preparado mi laboratorio. Ella era mi todo, mi bebé probeta.

Por ese entonces la garganta empezó a transformarse. Al año de abstinencia, mi abuelo lejos de ahogar en alcohol (como esperaba mi madre) la sonoridad grosera, pareciera que se hubiera esmerado en cultivarla, como se cultivan los buenos vinos: añejándolos con el tiempo.

Renovada y eufórica la garganta empezó a cantar.

Mamá salía al jardín con una manguera. Regar lo verde le tomaba varias horas diarias. El verde era su ansiolítico. Yo, en cambio, fingía indiferencia. Mi indiferencia hería. Solo así lograba abatirlo. Entonces él se vengaba abrigándola y sacándola a la calle.

Comenzó a pavonearse por el barrio con aires de tenor. Los del coro se turnaban para merodear nuestra casa.

Esto no puede aguantarse, se quejaba mi madre.

La garganta reía: No solo me llaman, además me acosan. Y algunos, hasta me ruegan.

Un buen día la garganta portó una hermosa corbata y dijo sí. Y apareció con mi abuelo vestido de traje en el corral municipal donde ensayaban los matarifes.

Mi paciencia no era porcina porque sí. A un cerdo se lo inmoviliza y engorda. Luego se lo acorrala y entonces el abuelo de cualquiera salta, cuchillo en mano, y se lo clava. Solo hay un sitio para dar ultimátum a un cerdo, cosa que mi abuelo sabía bien. Porque al final, en todas las reuniones, no era el abuelo de cualquiera a quien llamaban, sino al mío. Después venía mi madre con un cubo y una gran cuchara. Removía todo.

Ojo con la sangre, gritaba la garganta, no debe cuajarse.

Ella salía de la situación embarazosa riendo nerviosa. Luego se justificaba sin que nadie le preguntara.

De su antiguo trabajo, argumentaba, le ha quedado esta añoranza por la sangre.

Conozco el chillido de los que agonizan, ese lo atrapó a mi abuelo por la garganta el día de su muerte.

Al menos los cerdos se vengan, pensé mientras me escabullía de su velatorio.

Afuera mamá iba y venía.

Limpiaba todo con un trapo. El trapo era el nuevo ansiolítico. A veces lo sumergía en vinagre

FÓSFOROS ENCENDIDOS

Abro la puerta. La mujer está sentada. Tiene los pechos, los pies, desnudos.

Los pezones erectos giran. Me apuntan.

Ella, con pasmosa calma, se levanta de la butaca y camina hasta la puerta.

¿Quién te llamó?, pregunta.

Avanzo hacia el interior de la habitación donde alguna arista nueva de Ella me asalta siempre. Me acerco al dibujo que está sobre la mesa. Lo observo unos segundos detenidamente y, volviendo los ojos hacia los pezones de la desconocida, comento: Prefiero el original.

Ella ríe estruendosa, es imperfecta. Mueve los brazos como una medusa abatida, agonizante.

La otra disfruta, se regodea en su desnudez. Abandona el asiento y camina hasta la mesa. Observa muy cerca de mí el dibujo. Casi puedo tocarla.

No me habías comentado que era tan joven, murmura.

Ella: ¿Te conté cómo lo conocí?

No.

En la calle, dice, vendiendo fósforos encendidos.

La otra me clava los ojos. Rebosa admiración.

¿Fósforos encendidos?

La pregunta se desliza en mi oreja suave, cálida.

¿Y por qué fósforos encendidos?

Vende ilusiones.

¿Cómo es eso?

Funciona así: pides un deseo, él enciende un fósforo y te lo regala. Pero eso del regalo es inexacto, porque en realidad lo compras.

¿Lo compras?

Así como lo oyes, vende deseos.

Y la gente, ¿se los paga?

Sí que los paga, yo misma le compré tres.

¿Se te cumplieron?

Las tres veces pedí el mismo deseo, ríe Ella. Quizá por eso se cumplió. A fuerza de perseverar.

Grito que prácticamente me vi obligado a vendérselos. Las dos últimas veces, incluso, me negué. Ella ofreció pagar más. El doble. El triple. Hasta me había rogado.

Te los vendí para quitarte de encima, me defiendo. ¿Recuerdas? Me invitaste a tu casa, y entonces, y entonces me llevaste a tu habitación.

O sea, que de una forma o de otra el deseo se cumplió, sentencia la otra.

Inmediatamente se aparta.

Va en busca de su cartera. Mete la mano, saca la caja de fósforos.

Se acerca de nuevo y me ordena: Toma, véndeme uno.

Retengo el palillo entre los dedos. Lo golpeo con fuerza contra lo áspero de la caja. Espero a que el fuego cubra la cabeza antes de entregarlo. Conozco el juego. Sé en qué momento debo alargar el brazo ofreciendo el futuro envuelto en llamaradas.

Abre la mano.

Intento retener todavía el fósforo. Entonces, retrocede.

Eres vendedor, ¿no?, alardea, quiero que me lo vendas.

El primero acaba de consumirse. Voy por el segundo. Antes de encenderlo, me pregunto si quiero jugar a ser Dios. Con el segundo fósforo en la mano le ordeno que pida un deseo. Cierra los ojos. Luego abre mucho los párpados. Busca mi rostro.

Ya lo tengo, dice.

Otra vez alargo el brazo y entrego el fósforo encendido. Mis dedos rozan aquellos otros dedos. Todos mis órganos parecen robados. Son grotescos, están fuera de lugar. Demasiado grandes el corazón, los pulmones. Laten fuertes, con precisión de albañil. Por primera vez tengo conciencia de mis venas, de mis jugos gástricos. Solo la otra es perfecta. Examino la piel salpicada de pecas de su rostro. Tal vez la otra sea Dios.

Dios agarra la llama. Está por apagar el fósforo.

Dos alas moribundas aparecen de pronto y la envuelven. Ella la besa largamente en la boca. Desesperada, deja su marca. Sin embargo, no puede impedir que los pezones erectos giren.

Dios atrae mi rostro.

A propósito, murmura posando sus labios en los míos, mi nombre es Renata.

DONATO

Corría de un lado a otro dentro de la jaula de vidrio cuando nos sorprendió mientras pasábamos por una tienda de alimentos para animales. Era muy pequeño, blanco. Lo asombroso: reía. Tanto era así que nos detuvimos para reírnos a pesar de nuestro rechazo inicial. Él también se detenía, observaba, olía el aire. Seguía conquistándonos con aparente indiferencia hasta que luego de algunos no, sí, no, tal vez, y de algunos cálculos, decidimos llevárnoslo. Compramos en otra tienda cercana un hermoso lazo rojo para reforzar su cuello.

Era el regalo para Ligia.

Ya en casa, lo dejamos en su habitación. Y esperamos con ansiedad detrás de la puerta.

—Esa cosa, ¿qué es? No lo quiero.

Fue todo lo que dijo Ligia.

—Ríe — le pedimos a la mascota—. Vamos, ríe.

Lejos de eso, se echó a dormir sobre el montículo habilitado para él dentro de su nueva casa de vidrio. Temerosos de despertarlo, de avivar el enojo de Ligia, nos sacamos los zapatos para no hacer ruido y lo llevamos a nuestra habitación. Lo vigilamos tres horas seguidas, turnándonos para evitar algún intento de fuga (pensábamos en la cara que pondría nuestra vecina de encontrárselo), e incluso para asistirlo en caso de sufrir ataques de pánico.

Cuando menos lo esperábamos abrió los ojos, se paró en dos patas y se topó con nuestros rostros cubriendo gran parte de su ya pequeño horizonte de vidrio. Hizo alarde acercándosenos mucho, pero no rió.

Se echó a dormir de nuevo a lo largo de sus 10 cm. Nos habían dicho que era más rápido que una liebre, que si lo metíamos dentro de una pelota de acrílico, podía perseguirnos por toda la casa, empujando la pelota con sus patas delanteras y frenando siempre a tiempo. Le pusimos agua y un puñado de semillas. Pues, tal vez, luego de una siesta y saciado el apetito, nos deleitaría con sus acrobacias.

Lo de la pelota funcionó a la perfección, pero lo que era reír, no reía. Empezamos a desconfiar. ¿Y si nos había reído falsamente? ¿Si aquel primer coqueteo solo ocultaba sus planes de conquista?

Él ganaba espacio. Ligia seguía ignorándolo. Soportaba pacíficamente nuestra extravagancia evitando ciertos lugares contaminados «por eso».

Una noche nos advirtió que dejaría de ver en nuestra cama la televisión. A la mañana siguiente amenazó con dejar de invitar a sus amigas. Algunas, incluso, ya se habían quejado. Sus padres dejaron de saludarla y, para rematar, no le agradaba lo que andaban diciendo por todo el colegio.

—¿Qué cosa?, preguntamos.

—Que nuestra casa es una cueva, Amanda tiene pesadillas.

Fuera de estos contratiempos que nos prometimos solucionar, nuestra rutina se hizo más alegre. Llegábamos de trabajar y soltábamos a Donato. Donato nos caminaba por encima hasta que, intuyendo el momento exacto en que nos podría cambiar el humor, saltaba y se colocaba dentro de la pelota. Cerrábamos la puerta de su cabina de piloto.

Y a correr.

Luego de unos meses comprendimos que aquella risa inicial era su promesa de cambio. Gracias a Donato, éramos otros. Ligia también era otra, cada vez más solitaria. Dejó de hablarnos y de comer hasta que la internamos. Donato creció. Tanto que tuvimos que trasladarlo cerca de nuestra ventana. Bajo ese rayo de sol parece aburrido.

Duerme todo el día.

UN AUTENTICO ROTTWELIER

A Manso las visitas prolongadas de su amo a la playa lo aburrían enormemente. Era un suplicio para él mantenerse quieto. A veces se complacía observando cómo otros perros corrían solos por la orilla cuando hacía mucho calor.

Se diría que Manso sentía envidia. Ya que perro era, al menos, ladraba. Quizá por eso de que perro que ladra no muerde, nadie le temía. Lo que aumentaba su necesidad de ladrar. Ladrido que en muchas ocasiones se tornaba en aullido. O en queja. Solo entonces, su amo, que no soportaba ningún ruido, lo dejaba correr detrás de los pájaros, o hurgar entre los basurales.

Apenas se separaba unos metros, los bigotes gritaban: Manso. Manso ven aquí. Manso tráeme esto. Manso tráeme aquello.

Si el hartazgo fuera posible en los animales, podría decirse que Manso estaba harto. Siendo un perro joven parecía viejo. Ni las perras en celo lo buscaban a pesar de su brillante pelo y de sus hermosos dientes. Si la calentura en los perros provocara la misma ceguera que en los hombres, podría decirse que Manso estaba ciego de calentura.

Ciego y todo no era un perro ordinario. Tenía estirpe. La estirpe aburrida de su aburrido amo. Pero él lo quería porque no le impedía lamerlo a gusto.

A él le gustaba lamer, ¿qué podía hacerle? La lengua de un perro, aunque áspera, lengua es. Y si se la observa bien, tiene ventajas en cuanto a largura y movilidad. Por lo menos con su lengua estaba satisfecho Manso.

Aunque ella se dejaba poco, en varias oportunidades, había intentado lamer las piernas peludas de su ama.

Manso esperaba que ella se sentara a leer, y acto seguido, arrastraba en el aire el único músculo que le era permitido ejercitar. Esperaba que le acariciaran la cabeza. Entonces empezaba a lamer despacio.

Su ama lo apartaba cuando él, creyendo que a ella le satisfacía las muestras de afecto, aumentaba el ritmo y subía de la tibia al fémur. Hasta el fémur llegaba su ama con los pelos de punta. De ahí para arriba era territorio vedado para Manso que solo aspiraba a complacer a todo el mundo. Sobre todo a quien le daba de comer.

Era una frustración con la que debía luchar y poner buena cara. Cara de manso para hacerle honor a su nombre. Porque si el entendimiento fuera posible en los perros, podría afirmarse que Manso entendía todo. Incluso que su nombre era un adjetivo y no un sustantivo ni un adverbio. Por eso amaba a los amos por aburridos que fuesen. En especial al amo, cuyos bigotes saboreaba porque sabían a yerba del bosque. Después de lamerlos tomaba mucha agua.

Y ladraba. Entonces el amo le permitía adentrarse en los arbustos, donde con toda seguridad saciaría la sed en algún charco.

Por eso aprovechó que la mujer de la carpa vecina se había ido y ladró con todas sus fuerzas hasta que lo dejaron ir.

Trotó detrás de las pisadas aún frescas en la arena. Era simpática la intrusa que le había jugado con la cartera.

Quizá, si aumentaba el ritmo, la encontraría en el bosquecito. Y la lamería. Solo un poco, se corrigió Manso. Esto, claro está, si corregirse fuera posible para un perro.

LO LLAMAREMOS ANTONIO

En cuanto Ana Belén descubrió lo que Antonio hacía en casa de las mellizas, lo agarró por un brazo y lo trajo de vuelta con ella.

En el hocico de Antonio duerme una boa, dijo una.

Y la otra: El hocico de Antonio es húmedo y largo, como el de un conejo.

Antonio es débil, para colmo creció con ese hocico. Ana Belén siente culpa, por eso camina a su lado como si nada. Pero está (como todo el mundo) pendiente de Antonio.

Cara de caballo, le gritan a Antonio.

Cara de asno y de buey.

Ella lo defiende. Tira insultos al aire, mordiéndose los labios a mansalva. Antonio se lo agradece tragándose los dientes para achicar la mandíbula. Quiere merecer la mano que se le tiende. Apenas la toca, es como la seda y teme deshacerla con su mano rugosa. Anoche esa mano largó muchos pelos y los escondió debajo de la almohada.

Esos pelos ahora se venden como pan caliente en todos los comercios, en todas las esquinas.

La madre de Ana Belén y de Antonio tampoco pasa desapercibida. Anda con la cara lavada y ojeras extrañas. Se comenta que, a pesar de la nariz puntiaguda, no es del todo desproporcionada como sí lo es el rostro del hombre que la dejó dos veces embarazada. El hombre desapareció una noche, llevándose solo lo puesto. Dicen que se cambió el nombre.

Ahora se llama Denise, vive en París.

Alguien lo vio sentado en el banco de una plaza esperando la luna llena para embarazar a otra.

La madre de las mellizas asegura que el hombre nunca mintió. Desde el inicio dijo querer lobitos y no algo a medio camino como resultó ser Antonio. Mucho menos Ana Belén que fue concebida a desgano, con premura. Esa noche la luna, ni se sabe por qué, fue obstinada y no quiso dar toda la vuelta, manteniéndose en cuarto creciente.

Esta mujer también comenta que Ana Belén lleva años preparándose. La madre la enviará a París con una caja de pastillas anticonceptivas. Lo conquistará si fuera necesario hasta traerlo de vuelta. La madre de Ana Belén está lista. Quiere parir lobitos. Cualquier otro sacrificio hará si con eso lograra dejar al hombre atado a su cama.

Las hijas de esta mujer se defienden. Antonio está desesperado con la inminente partida, por eso les mete el hocico entre las piernas.

Ellas no pueden negarse, con lo lunático que es.

Y también, en el taxi que maneja, la tía de las mellizas echó a rodar otro rumor: Antonio será padre, para el verano se esperan burritos.

HAY COSAS QUE NO CABEN EN EL DECIR

Por la soledad que encierran
A. Somers

En torno a la casa de Yohana de todo comentan los vecinos. Están ávidos. Llegaron de madrugada y los pone
inquietos la espera.

Observo en el rostro de Yohana, asomado por la
ventana, el daño causado. Entonces, con algo de vergüenza, miro para otro lado. Me distraigo pensando
en el hueso. Que si milenario fuera, no hubiera ido a
parar donde se presume. ¿Qué peligro puede haber en
un hueso, escondido dentro de un clóset y envuelto en
pañuelo de seda? Y el pañuelo de seda, ¿qué puede hacer dentro de un traje rigurosamente abotonado? ¿De
militar quizá?

Es absurdo este destino sofocado. Absurda la mano
enguantada que lo sustrajo violando su natural destino en la vitrina de un museo. Ahí es donde debe ser
expuesto, examinado. Admirado por miles y miles de
personas, que viajarían miles y miles de kilómetros
solo para decir a sus hijos y nietos: yo lo vi.

Los científicos deberían ocuparse de este asunto.
También las autoridades gubernamentales y sanitarias.

Y los periodistas, quienes alegremente especulan sobre su actual paradero.

Cuando nuestra vecina lo encontró, ellos ya estaban en su puerta acosándola. Ella no supo qué decir, excepto que se llamaba Yohana y que llevaba años cavando. Este hallazgo coronaría su esfuerzo. ¿Qué la había motivado? Pues, nada. Una mañana, mientras regaba el jardín, se le apareció un espíritu y le ordenó: cava Yohana. Ella entró a la casa. Agarró la pala y no paró más.

¿Ven?, preguntó a los periodistas, ¿pueden ver las marcas de las losas rotas del piso? Observen el dormitorio: Aquí fue por donde empecé.

Yohana los condujo a la cocina y al baño: ¿Ven las piedras? Me costó mucho devolverlas a su lugar, ¿creen ustedes que se trata de la prueba que la ciencia anda buscando?

Luego llegaron los militares, quienes la obligaron a entregar el hueso. Y más tarde los del ministerio de vivienda. La casa, en cuestión, ya era patrimonio de la humanidad.

Lo cierto es que acá estamos todos queriendo arrebatarle los años vividos entre montones de escombros, mientras, tal vez, muy cerca, una oscura mano trafica. ¿Por qué habrían tardado en dar la noticia? Porque si militar se descubriera que es el ladrón, a altos militares correspondería el castigo. Si, a pesar de todo, se probara que el ladrón perteneciera al mundo civil, aquí habría un gran problema. No consta que figure en el código penal si el robo de un hueso es de interés público. Ni siquiera si es un robo propiamente dicho.

Para la violación de tumbas sí, sería severa la condena. Pero como fue encontrado en el living de nuestra vecina Yohana, el país ha caído en un vacío legal.

El hueso ajeno a todos los disturbios que puede causar reposa, como se presume, dentro de un pañuelo de seda escondido en un clóset. Aunque alguna vez haya servido de soporte a un sujeto; objeto ahora, es obediente. Se deja llevar y traer. Si alguien lo puso allí por algo sería. Que ese alguien todavía es un sujeto, superior al objeto que no razona. Ni escucha. Ni siente miedo, alegría, ni nada.

Que un hueso, solo hueso es.

FATIGA

En lugar de fijarme en sus rostros, me fijo en los pies de mis vecinos. Los pies, enguantados siempre, son como archivos secretos, expresan y almacenan todo lo que el rostro oculta, diariamente, con sus disfraces.

Un rostro puede disuadirnos, perturbarnos, y si es muy bello puede hacernos perder la razón y hasta lograr que cometamos crímenes, y con lo cambiante que son, podemos tardar años en llegar a conocer el rostro madre, aquel que no sospechábamos, que nos impulsó a empresas sin sentido.

La matriz de un rostro puede ser nuestra tumba.

Pero los pies no mienten.

Mi vecino más próximo, por ejemplo. El del lado, cuya ventana de la cocina desemboca en mi ventana de la cocina, y cuyos ojos yo sé que me buscan con avidez mientras prepara las tostadas; ese camina rápido. Más de lo común.

Estoy en condiciones de asegurar que mi vecino huye de su mujer que camina lento. Es la más lenta del edificio. Lo compruebo todas las mañanas. Apenas abro la puerta, él asoma por la suya y se me adelanta. A veces he retardado en cinco y hasta en diez minutos mi hora de salida con el propósito de ponerlo a prueba. Mi vecino está siempre alerta. Llega primero al ascensor y lo detiene. Intuyo que me mira con sorna. Yo solo observo los zapatos gastados y pienso que si el roce fuera pausado, ahorraría en suelas. La velocidad no es avara ni escatima, aunque para sostenerla se precisa el dinero que mi vecino no tiene.

A esa altura es probable que su mujer todavía esté recogiendo la cartera, buscando las llaves.

A él solo le importa esta pequeña carrera matutina y los escasos minutos que compartimos en tres metros cuadrados, con el ascensor detenido, hasta que llega su mujer.

Entonces quita los dedos del botón y mira para otro lado.

En los zapatos de la vecina concentro luego toda mi atención. Hace tres años que usa los mismos y ya hubiese perdido todo interés si no fuera por la gran protuberancia que infla de manera espectacular el zapato derecho.

No bajo por las escaleras y soporto a mis vecinos porque estoy a la espera de ver, por fin, el juanete. Y porque, probablemente, si una mañana yo me adelantara y lo esperara en el ascensor, mi vecino perdería la energía inicial. Temo que sería un mal presagio para su día, hasta es posible que pierda el apetito. Y si me le adelantara muchas mañanas seguidas, podría llegar a perder, incluso, las ganas de vivir.

El de arriba también es un departamento A. Grande y espacioso como el mío. Por lo que me resulta difícil comprender por qué la vecina zapatea justo sobre mi cabeza hasta altas horas de la noche. Intuyo (ya que nunca he conversado con ella), que es bailarina. Más exacto: bailarina de flamenco.

Taconea. Taconea. Taconea. Taconea.
Taconea.

Taconea sin descanso.

Dicen que los que bailan flamenco están obligados a expresar sus sentimientos con los pies. Yo se que ella llora. A veces me cuesta dormir pensando qué tan sola debe estar. En lugar de contar ovejas, invento historias sobre su vida. Una cosa buena tiene: me concentro tanto en ella que olvido mis propios problemas. En otras ocasiones me da envidia esa facilidad que tiene para llorar. Siento rabia. Me gustaría subir y pedirle que se vaya con su lamento a otra parte. Pero para eso tendría que tocar a su puerta y mirarla a los ojos. Esto me paraliza de terror. ¿Y si tiene un rostro bello? Podría llegar a perder objetividad.

Soy esclava del rigor.

Anoche, por ejemplo, me guardé la furia para cuando me la tropiece por las escaleras, o en algún descanso.

Es un esfuerzo. Pero estoy dispuesta a dejar de tomar el ascensor, a descuidar el juanete de la vecina. Subiré. Bajaré. Subiré y bajaré, a cualquier hora, solo para encontrármela y tirarme a sus pies y romperle los zapatos de cuero duro y tacón bajo.

También me fascinan los pies del viejo del fondo del pasillo. Sobre todo porque vienen acompañados. Tiene dos perros que no lo dejan ni a sol ni sombra.

Las patas de los perros y de los viejos son igual de amarillas, como todo lo que roza el polvo.

Esto puedo asegurarlo porque, increíblemente, en verano, he visto por el pasillo diez patas arrastrándose descalzas, sin pudor. Los espacios comunes quedan impregnados del vaho inconfundible dejado por esta familia que vive sin sobresaltos.

A pesar de que he hecho de todo para llamar la atención (incluso pedí prestada una perra en celo para usarla de anzuelo), ellos me ignoran.

Como él, machos son los perros. Como él, están castrados. Ya aburren con esa tendencia que tienen a la descomposición y a la tristeza.

A pesar de que me gustaría si tuviera una buena excusa para hacerlo, nunca me detuve a observar la puerta de todos los departamentos. Aún así los tengo contados. Hay cinco por piso, pisos son ocho. Trato de imaginar quiénes los habitan, pues de algunos sé poco, solo me llagan retazos. Aunque a veces, inoportunamente, se activa mi imaginación cuando escucho ecos de extrañas conversaciones que atraviesan los muros, que entran por las ventanas.

Ahora mismo acabo de enterarme que, presa del terror, la octogenaria del 6to D ha dejado de mirarse al espejo y que para evitar todo tipo de reflejos, el hijo mandó a empapelar las paredes.

Voy a dejar de lado cualquier tarea absurda, ahora solo iré por sus pies.

NO ESCUCHES AL VIENTO

Dobló por la esquina para despistar a la abeja que lo perseguía. Tres cuadras atrás, cuando se detuvo en un puesto para comprar el diario, ella apareció de pronto.

Dio varias vueltas, eligiendo sus bigotes para posarse.

Intentó espantarla a los manotazos. Pero no se iba.

Corrió entonces a gran velocidad. Ya en la esquina, se comportó extraño. Se sintió estúpido. Grotesco. Un forajido sudoroso.

En una de esas, mientras la buscaba, tropezó. Se recompuso para ensayar tres pasos pequeños, fríos. Luego otro. Otro.

Otro.

Otro.

A pocos metros, unas cien personas, oficinistas la mayoría, aguardaban en total silencio. Apenas pudo preguntar qué esperaban cuando, posada sobre un hombro, la descubrió.

Lista para devorarlo ahí estaba de nuevo ella.

Se quedó varado, observándola de cerca, hipnotizado por los ojos traslúcidos que lo atravesaban y que sin embargo sabían mantenerse distantes, en otra dimensión. Así permaneció largo rato hasta que, abriéndose paso entre la gente, vino el viento y lo sacudió.

Lo primero en desprenderse fue la corbata. Luego saltaron los botones de la camisa. Temeroso, rescató todo y lo apretó contra su pecho y la buscó.

La abeja no estaba más.

Al mismo tiempo que aquella gente lo examinaba, con lo que le restaba de dignidad levantó la cabeza.

—Esto es apenas un simulacro. Muy lejos está de ser un bautismo —escuchó muy cerca.

—¿Qué bautismo?

—Tu bautismo de aire.

Creyó por un momento que había caído por distracción en un escenario ficticio, montado con algún propósito que solo él desconocía. Lo olvidó al instante cuando, tomándolo por sorpresa, el primer oficinista se le atravesó delante, poniéndole la zancadilla.

Él trastabilló. Seguidamente, volvieron a gritarle su enojo los otros.

El próximo empujón lo dejó, ahora sí, tirado sobre los adoquines. Se arrastró tratando de sujetarse de cualquier cosa que le impidiera ser elevado hasta que, exagerando tal vez la desesperación, agarró una bota. Se aferró con todas las uñas. Reptó por ella. Con gran esfuerzo, tratando de hacerse el espacio para ocupar aunque fuera un mísero lugar entre aquella gente, se levantó.

Tiesa como una estatua del aire, ahí estaba de nuevo la abeja. Avanzó hacia ella. Ahora tenía una imperiosa necesidad: olerla.

A escasos centímetros se detuvo, apoyó las suelas de los zapatos contra el suelo con firmeza. Levantó los ojos: otra vez había desaparecido.

Sin embargo, una cosa era su férrea voluntad de resistencia y otra muy diferente lo que en realidad ocurría. En ese mundo real agarró su rostro y tocó, confuso, la herida.

Dentro de su ser algo se rebelaba. Pugnaba por salir.

Asomando por debajo de los bigotes apareció, como si nada, la abeja. Por una punta volvió a meterse. Luego de sucesivas y expertas maniobras volvió a salir. Libaba sin piedad horadándolo de un lado a otro sin descanso. Él contrajo los dedos. Se palpó hasta agarrar por un ala a su atacante. La sostuvo varios segundos, la tiró al piso, aplastándola con esmero.

Segundos después los restos se recompusieron, el cadáver se levantó y la abeja salió volando.

Y entonces, también repentinamente, los oficinistas decidieron premiarlo. Aplaudían. Esto que acababan de ver superaba cualquier expectativa. Era provocativo, peligroso de veras. En pocos minutos la multitud lo había rodeado convirtiéndolo en alguien respetado. Ahora era el exitoso dueño de una abeja.

Sorprendido él también, tomó valor. Preguntó con qué se lo comparaba cuando descubrió muy cerca unas manos de piedra. Y luego, el paraguas convexo. El paraguas se movió. Enseguida aparecieron ellos tomados de las manos. Eran los padres del viento.

La madre del viento giró imperceptible y lo miró a los ojos. Tan certera fue que solo él (dueño de una abeja), podía captar su intensidad. En ese mismo instante supo que no pararía hasta hacerla suya. Tendría que triturar aquellos dedos de piedra hasta convertirlos en algo humano, lo suficientemente dóciles y hábiles como para deslizarse sin dificultad dentro de un anillo.

Lo que vino después fue el movimiento de un ejército. Uno tras otro, los oficinistas dijeron estar listos y se colocaron en fila. Él preguntó para qué.

Para ser empujados, respondieron.

Otros querían ser soplados.

Por fin el padre del viento abrió la boca. Los primeros de la fila caían. Los segundos reían. Los más, volaban. Se levantaban. Detrás del paraguas, ella seguía mirándolo. Él intentaba igualarla quedándose fijo. Hasta que el padre del viento advirtiendo que él resistía soltó otra ráfaga.

Y otra.

Allí estaba, arrastrándose nuevamente, y agarrado de un taco alto que se defendía. El taco lo pateó varias veces.

Cayó. Se levantó sin descanso desde la mañana hasta altas horas de la tarde. Los oficinistas iban, volvían, se reciclaban. Él persistía.

Regresó de noche a casa. Se sentía abrumado con los extraños acontecimientos, con el doble acoso. Y con la doble derrota. El padre del viento le gritó toda la noche que lo castigaría. Ella devolvía el paraguas a su concavidad. Mañana será otro día, le decía la abeja que continuaba posada sobre aquel hombro desconocido. Mañana que no llega. Se levantó. Se acostó. Se levantó. Mañana.

Al día siguiente ahí estaba de nuevo, listo para hacerles frente. Así transcurrió una semana. Otra sin novedad. Todo se repetía de manera idéntica cada vez hasta que comprendió que la estrategia con el cadáver de la abeja que salía volando, a pesar de ganar cada vez más adeptos, no era suficiente para competir con ellos. Así fue que la mañana del trigésimo segundo día, buscó la mirada que ya iba para igual tiempo que le pertenecía con la intención de sofocarla con el fuego ardiente de su perseverancia. De humillarla y hasta de robarla. Usaría la fuerza.

En el peor de los casos, pensó, inventaré ese truco: el de un anillo imantado capaz de atraer y de triturar la piedra. Pero esa mañana ella decidió ignorarlo. Se quedó sentada sobre la tarima. Estaba ausente, con la mirada baja.

—¿Eres o no la madre del viento? —preguntó acercándosele mucho un hombre.

Montó en cólera. Si aquel sujeto quería magia, él se la daría. Hurgó con premura. Exprimió los bigotes.

—Vamos —le dijo, y la sacó a la luz.

La abeja, obediente, se estrelló contra la cara del hombre. Maniobró allí un rato. Luego le entró por una oreja. Salió por la otra.

Él, eufórico, aplaudió.

La abeja comenzó a libar y él dejó que el hombre librara su batalla solo.

Finalmente ella levantó los ojos. Buscó los suyos. Él estaba sediento. Tenía hambre de las palabras que nunca diría.

El padre del viento parpadeó repetidas veces. Segundos más tarde abrió la boca. Aspiró el aire de varios metros a la redonda. Y sopló.

Abrió camisas. Los botones saltaron. Con cuanta corbata había hizo un remolino. Los relojes cayeron. Los zapatos volaron. Él se detenía, observaba con altanería e iba por más.

Tres calles más abajo, un puesto de diario cayó a la avenida. Rodaba llevándose todo por delante. Cuando llegó a la esquina dio varias vueltas, se enderezó y ahí se detuvo.

El hombre que había sido atacado por la abeja apareció de nuevo. Compró algo en el puesto y se acercó.

—Aquí está mi familia, se la llevó un tornado —voceó abriendo el diario.

—¿Entonces quieres desaparecer? —le preguntó con curiosidad otro hombre.

Y el hombre: Ojalá pudiera.

—Todo es posible —dijo otro como leyendo una resolución.

—Imposible —aseguró él.

—Entonces, ¿qué quieres?

—Yo me conformaría con perder algo.

—¿Y para qué?

El solo dijo: Para compensar.

El padre del viento, que había estado atento, levantó al
hombre, lo envolvió en una nube espesa y lo disparó por encima de los edificios. Minutos más tarde lo trajo de vuelta.

A pesar de haber vuelto sin brazos el hombre dijo no
estar conforme. Sinceramente (y había en sus palabras
cierto descaro), esperaba más. Enseguida el padre del
viento, meticuloso, levantó cuatro corredores de baldosas. No paró hasta dejarlo sin piernas.

Luego lo tiró a un costado, lo tapó con el diario y
se detuvo.

Se volvió hacia los otros. Entonces, olvidándose de
todos, fue por él.

Otra vez cayó. Se levantó. Rodó por el suelo. Se
arrastró hasta el borde de la tarima, allí, de bruces, se
quedó dormido. Cuando despertó estaba desnudo.

Se sintió desgraciado y la llamó. Pero la abeja no vino.

Ahí es cuando la mujer dejó de estar tiesa. Se acercó
sonriendo, alargó el sombrero y le pidió, abiertamente,
unas monedas.

Buscó entre cientos de pantalones, eligió uno que
parecía servirle. Sacó todo lo que tenía en los bolsillos y
lo tiró dentro del sombrero.

Humillado, emprendió el camino de regreso a casa.
Decidido a no volver más dibujó su propio plano de la
ciudad con todas las alternativas posibles para evitar
una sola esquina.

Mientras soñaba toda la noche con ella, algo avanzaba sigiloso por las sábanas. Se tocó: ahí estaba la abeja pidiendo permiso para libarlo por última vez. Se la arrancó de la cara. La aplastó con los dedos, experto, con saña. Y entonces escucha una voz rebotando, abriéndole la cabeza. Sonaba horrible, era un eco latoso.

GRITAN EN SUECIA

Io, famosa poetisa e íntima amiga mía, tuvo épocas de escaso brillo público. Otras, como ahora, de máxima exposición. Desde que alcanzó de nuevo la fama vive de pesadilla en pesadilla. A Io le ocurren cosas terribles. Ahora acaba de ocurrirle por primera vez en muchísimo tiempo la página en blanco. Fértil como es (tiene cinco hijos varones, tres abortos, diez libros éditos más cinco inéditos), se creyó infalible. No había caído en la cuenta de que la sequía pudiera atraparla algún día.

Desafortunadamente, la página en blanco fue solo el primer tropiezo. Luego se sumarían otros contratiempos. Unos meses atrás venía anunciándose la menopausia, pero ahora que ya la tenía definitivamente instalada, se sintió inútil. Vacía.

¿Será este el fin?, se pregunta a cada momento.

Parada delante del espejo siente que no solo perdió peso, sino también lo que ella llama «peso específico». Ya no tiene aquella irradiación de antes, ni aquella voz de barítono trabajada durante tantas presentaciones públicas.

Imposible dejarnos   petrificados, arrastrándonos, listos para la adulación.

Y a mí, para que despierte, me dan ganas de azotarla. O de abrazarla. La pobre, anda por la casa como poseída por un fantasma. Está irascible, se defiende de todo. Pincha como un puerco espín.

Y, entonces, como consecuencia de los anteriores contratiempos, ocurrió el tercer imprevisto. A Io le recomendaron un psicoanalista.

Al principio opuso resistencia. Durante las tres primeras sesiones mantuvo cuarenta y cinco minutos de obstinado silencio. Hasta que en la cuarta, sin cálculo previo, decidió que ya era hora de expulsar de lo más recóndito de su ser al cuarto participante.

Resulta que ahora Io odia definitiva e irreversiblemente a su padre.

Es por esto que se somete dos veces por semana al período de transferencia. Por supuesto, desde que la terapia se ha convertido en la nueva adicción, Io descubrió que ama profunda, secretamente.

Sin embargo, sigo sin comprender el por qué de su obsesión con esta foto. Ella tiene cinco años y dos trenzas. Una cae sobre los ojos de él, la otra aparece recortada con la mitad del cielo. El hombre la abraza con tristeza, distante. Hablar sin parar sobre este asunto la mantiene activa, equilibrada, pues las palabras, vengan de donde vengan, son territorio exclusivo, una conquista de Io.

Ayer tuvo otro ataque de pánico. Corrí a su casa. Estaba exhausta. Resulta que mientras paseaba por la plaza buscando no sabía qué, detrás de unos árboles, tropezó con un espantapájaros. Minutos después se le apareció reptando por el pasto una polea con ruedas dentadas. Claro que no significaron nada, pero igual acontecieron.

Los sucesos, me dijo, galopan encadenados. Pero no todos entran conmigo a terapia ni caben en una foto.

(El espantapájaros no entró).

(La polea con ruedas dentadas tampoco entró).

Y a la noche, en el patio, le ocurrió un búho. (Hace más de diez años que nadie tropieza con uno.

Ah, pero ella sí).

(Tampoco el búho entró).

Es a la suma de estos extraños contratiempos que debemos la llegada del sexto participante. Esta mañana, muy temprano, Io corrió a la librería. Compró un cuaderno.

Ahora sí, me dijo, me expresaré libremente. Ya no me importa si en tono menor. La primera línea del diario dice: Cada cosa o suceso, por pequeño o insignificante que sea, tiene su lugar y su momento. Incluso lo tienen un búho y una polea con ruedas dentadas.

Y, entonces, escribió sin parar hasta que, mientras pasaba una página, recordó la mitad de la foto que falta, la del cielo recortado con la madre imaginaria.

(Para esta ausencia o laguna de la infancia, el séptimo lugar).

Hace unos minutos volvió a llamarme. Quiere que la acompañe a la notaría. Redactará su testamento. Sus cenizas, en lugar de ser repartidas en cinco partes equitativas como una vez dijo, me serán entregadas para que me encargue de esparcirlas por el río de La Plata. Pero antes se mudará a Brasil.

Está muy conmocionada con los dos últimos acontecimientos.

Antes de terminar, me gustaría detenerme en el participante número cuatro: no existen evidencias de violación, solo sospechas.

LOCOMOTORA MATILDA

Era víspera de año nuevo cuando me aseguré de estar cansada de ser libre y le pedí a Matilda que me gobernara. Me ocuparía de todo. No solo de cosas placenteras como cortar el pasto, regar las plantas y preparar el té de las dieciocho.

Yo deseaba ir más lejos.

Dije tener una melancolía que no se extinguía haciendo el amor ni con los viajes. Ni con la seguridad de mi vida monótona. Estaba aburrida de todo. Lo peor: sentía envidia. Una especie de viruela que me corroía por dentro. Deseaba, más que nada, el escaso tiempo libre de que disponía Matilda. Observarla secarse las gruesas gotas de sudor con el reverso de la mano era mi momento favorito.

Ella era única. Tenía, además, mirada microscópica.

—Una pelusa —le dije con admiración—, puede convertirse de pronto en algo importante que te empuja a la acción.

Quieta no estaba nunca.

Sorprendida ante el repentino ataque de rebeldía, Matilda se negó. Sin embargo, lo que en un inicio fue solo sorpresa, se convirtió de pronto en hechizo.

—De ahora en adelante irás en mi lugar a la peluquería —escuchaba con la boca abierta.

Y: dormirás en mi habitación.

O: No tendrás que probártelo a escondidas, podrás usar a gusto ese vestido.

Me miró.

Mi rostro seguía imperturbable. Era lo de siempre: un cuenco vacío. Por más que hurgara allí no encontraría señal alarmante.

—¿Y si mañana cambias de opinión? —disparó. ¿Qué dirán los vecinos cuando nos descubran? ¿Quién pagará (y esto era muy importante) las horas de ocio obligado?

Además estaba lo otro: la casa era enorme y no podía caer en mis manos. Yo era total y ridículamente inoperante.

—¿Qué ciencia puede tener? —me defendí—, para eso traje esto.

Saqué un cuaderno donde empezaría por anotar las tareas diarias, así como las extraordinarias, como esa de esperar al desinsectador. ¿Qué día era? Ah sí, los miércoles. Y aquella otra de ir al mercado por tierra para las plantas. Y esa donde había que reunir ropa y trastos viejos para donar al Ejército de Salvación.

Abrió la tabla y tomó por la cintura el primer pantalón. Se esmeraría más de lo habitual. ¿Y si todo aquello iba en serio?

Inspirada presionó con fuerza sobre el que podría ser el último planchado.

—¿Y bien?, pregunté.

Una vez más se negó. Cada quien debía saber cuál era su lugar. No debíamos estropear diez años de esfuerzo y tolerancia mutua por aquella idea disparatada.

Hábil como era para leer cualquier rostro, noté la duda. El suyo era un libro de recetas de cocina abierto:

tan fácil de leer. Los labios, como siempre, desbordándose. Posé sobre el rojo carmesí una mirada mansa. Tan mansa como me era posible.

Ya había sorteado con aquel rostro numerosas etapas, aunque solo recordaba dos. La del primer día, de absoluto rechazo. Y esta de ahora, de timidez inaudita. El mérito era mío, sin embargo. De una u otra manera había llevado las riendas de esta relación, logrando mantener el aplomo ante aquel rostro cambiante.

La plancha despedía humo. Iba y venía sobre la línea recta.

Qué velocidad, pensé. Qué vértigo. ¿Podría yo igualar eso?

—¿Si simplemente te lo ordeno? —pregunté—. Todavía estoy en condiciones de hacerlo.

Sin proponérmelo retrocedí hasta quedar varada en medio de la habitación. Las líneas de las baldosas parecían el límite entre tierra segura y el borde de un precipicio.

Comprendió Matilda que este era su momento. Confesaría lo que toda la noche la había llenado de angustia. Sostuvo con firmeza que solo accedería si dejábamos registro de lo que allí ocurriera. Hasta que le salieron, naturalmente, las palabras que más temía:

—Quiero evitar tomarle el gusto al cambio de roles, sería una atrocidad pasarme de la raya como hace usted a veces.

Además, por más que lo ignoraran, de las paredes para fuera estaban los otros. ¿Cómo lo tomarían? La filmación mostraría el consentimiento mutuo y nos seguiría a todos lados como el mejor resguardo contra terceros.

Y, todavía, con algo de borrachera sin alcohol, que es el estado en que solían dejarla los escasos arranques de valor, se las arregló para añadir:

—También debe quedar filmado que puedes recuperar tu libertad.

—¿Mi libertad?

Como una autómata acaricié el tallo de una planta. Estaba reseco, allí faltaba agua.

—No la quiero.

—Pero la querrás.

—Tú no entiendes, quiero renunciar a ella.

Aproveche' para echar una mirada rápida al tallo. Todavía se mantenía en pie.

—Aún no te he contado todo —le dije—, debo cumplir todavía otro deseo.

Soñaba con la presión de una cuerda. Disfrutaba por anticipado del hecho de no poder moverme si me dejaban atada. Sentía el roce de la cuerda con mi piel. Pero deseaba, más que nada, la herida que pudiera dejar la abrasión entre las mismas.

—Exijo impotencia, cansancio, desprotección y adrenalina.

Se adhirió a la plancha. La tocó con el reverso de la mano para comprobar la temperatura. Puso agua.

Ahí seguía yo, diciéndole que no cedería. Tenía preparado mi discurso, lo había memorizado durante las siestas del mediodía tantas veces. Si hasta los drogadictos y los alcohólicos tenían su sede, ¿por qué no tendría la esclavitud su sociedad secreta? Eso me pregunté. Y salí a buscarla. La encontré una mañana, regresando a casa con la increíble noticia de que con el aumento notorio de la esclavitud acordada, habían disminuido los asesinatos y también los accidentes de tránsito.

—Ahora que me tendrás cortita —reí con entusiasmo—, ¿a cuántos evitaremos ser atropellados?

Por fin preguntó:

—¿Cómo se llama ese lugar?

—Esclavitud S.A.

—¿Esclavitud S.A.?

Tenía el moño recogido a gran altura, por encima de las orejas. Era bello: una casa remodelada. Por primera vez me animé a tocarlo. El tiempo de los otros, ese, finalmente, podría atraparlo como se atrapaba un moño.

Yo reía y Matilda se movía con cierta perplejidad. Ah, no lo puedo creer. Pues créelo. ¿Tiene cartel en la puerta? Tiene. ¿Cualquiera puede ir y anotarse? Cualquiera. ¿Se puede elegir?

Con el moño casi deshecho resbalando entre los dedos dije:

—Hay mucha demanda de amos.

Observé otra vez sus manos. Con el reverso de una secaba las gotas de sudor, con la otra presionaba sobre la plancha. La segunda mano, tras un breve descanso, empujó con fuerza. Sobre un único raíl de tela blanca iba y venía. Iba y venía.

Iba y venía.

Dale que viene.

Dale que va, locomotora Matilda.

—Los amos —se anduvo con cautela—, ¿pueden tener más de un esclavo?

—Todos los que desees.

—Los esclavos, ¿nunca se rebelan?

Agarré la mata de pelo. Porfiadamente la torcí hasta dejar colocado el gancho en la cumbre. Un poco tembloroso el moño logró sobrevivir.

Luego, también excitada, me fui a preparar café. Matilda escuchaba todavía recelosa la propuesta de asistir juntas a la próxima reunión:

—Verás por ti misma las maravillas que ocurren por todos lados, querida. No tenemos por qué continuar así toda la vida.

Yo era tenaz, me movía por la cocina con la cafetera humeante.

Se tiró en el asiento. Necesitaba unos minutos. Las promesas de ese nuevo mundo parecían perturbarla. Para empezar, obvió las pequeñas migas de pan que con frecuencia la enloquecían. Dejó caer los brazos. Tiró los músculos hacia atrás, bien apoyados contra el respaldo de la silla. Y hasta se atrevió a estirar las piernas en este primer ensayo de tiempo muerto, improductivo. Dos minutos más tarde, decidida ya, se quitó el delantal y fue en busca de la cámara.

ALA ROTA

No todos los cucús cantan por última vez como hizo este por encima de su cabeza. Impasible, esperó unos segundos. Los suficientes para dejarlo enclaustrarse. Luego se levantó, tomó la escalera, trepó algunos escalones y descolgó el reloj. Con extremo cuidado sacó el mecanismo y lo colocó encima de la mesa.

Lo observó todavía con cierto recelo. Este era el momento para concretar aquello que posponía siempre y que parecía interminable. Así que trabajó meticulosamente durante par de horas hasta que logró extraer, sin alterar la caja, el pequeño pájaro de madera.

Tenía el ala derecha rota.

Metió la mano en el cubículo y sacó, con el mismo cuidado, el pedacito de ala desprendida. Empezaría por ahí. Repararía el ala, y luego, se concentraría en la caja. Y quien sabe si cuando el reloj esté reparado, pensó dándose ánimo, quizá pueda pintar las paredes del departamento. Hasta era probable que aprovechara todo el ataque repentino de energía y, entonces, cambiaría los muebles. Y para terminar satisfactoriamente con el período de renovaciones, tomaría vacaciones. Largas. Tal vez concretaría ese viaje soñado. Podría revolcarse, por fin, en la nieve.

Al menos veinte años podía resumir en dos palabras: casa y trabajo. Aunque le costaba admitirlo: últimamente más trabajo que casa. Si la tozudez no lo hubiera llevado a extremos inaceptables, tendría equilibradas aquellas dos palabras. Quizá la historia sería otra y no esta, la de un pobre diablo reparando un reloj solo porque su mujer lo había abandonado.

La pésima administración del tiempo lo empujaba ahora, también, al bar. Y lo tenía bebiendo cerveza solo. Agónico y con aquel pedazo de ala desprendida. Parecía tan gráfico de lo que le sucedía.

Este pájaro, pensó, parece recordarme mi mortal desequilibrio.

Llamó de nuevo a la camarera y le pidió más cerveza. Precisaba mucho sostén para sobrellevar estos momentos. Claro que no era necesario que se las trajera todas juntas. Dos estaban bien para continuar.

Le molestaba saberse observado. Por eso espió al hombre de la otra mesa. Tragaba con tanta desesperación que se sintió reconfortado. Por algún motivo que ignoraba, con este cerca, él estaba protegido. ¿Qué le habría ocurrido para tragar de todo como una aspiradora?

Con bastante mejor ánimo, sacó del bolsillo la «gotita» y comenzó a pegar el ala.

Aún en estas circunstancias se negaba a entender. Incluso aquel día, cuando ya era seguro que su mujer lo abandonaría, fue terco y perseverante. No cerró el local. ¿Quién podía asegurarle que, de haberse quedado en casa, ella no hubiese escapado? Nadie, por supuesto. ¿Cómo hacerla volver? ¿Era capaz de recomponer en solo tres minutos lo que le llevó veinte años destruir?

Sobre la mesa le dejaron los dos porrones. Los midió. Acomodó el pájaro en el medio y se quedó mirándolo.

Lo empujó con fuerza contra el ala. La «gotita» parecía efectiva, en pocos minutos el pájaro estaba reparado.

Entonces lo envolvió en una servilleta y se lo metió en el bolsillo.

Tan simple había sido conectar de nuevo aquellos dos pedazos de madera que no pudo evitar volver sobre la comparación con su propia relación quebrada. Quizá, cuando apareció el cansancio, si ahí no más hubiera acudido al médico, él los hubiera pegado otra vez con la gotita, y aunque se notara la fisura, estarían ahora juntos.

Tragó tres sorbos seguidos. La cerveza estaba amarga. ¿Por qué no la disfrutaba entonces? Tal vez porque no podía con dos amarguras. La que tragaba con la cerveza y la que expulsaba por cada poro.

Trabajo y descanso. Si solamente tuviera equilibradas aquellas dos palabras, ahora estarían bebiendo juntos. Y no sería el propietario de este fastidio.

Intuye que por primera vez está realmente perdido. Levanta la mirada. El hombre se ha ido. Alrededor suyo solo hay selva. Ahora puede entender todo. Incluso algo tan aterrador como el aullido de los perros. Hasta podría lamer unos pies y perseguir a cualquiera. Con más razón, podría pasarle la lengua a la camarera que se le acerca lo suficiente como para olerla mientras pone maníes sobre la mesa.

Entonces, se da vuelta. La agarra de un brazo. Por un segundo el rostro se dilata mostrando cierta esperanza.

Pregunta:

—¿Qué me hubiera hecho cerrar un solo día de mi vida?

Ella, confusa, se disculpa. A pesar de llevar rato observándolo, es embarazoso. Los borrachos, aún los menos desagradables, siempre la buscan. Como si no tuviera, piensa, suficiente infierno con su padre.

Ni sabe por qué trata de ser amable al menos con este. Lo aparta con suavidad y pregunta por el pájaro.

—Tenía el ala rota y la pegué con la gotita que pega todo.

—Entonces —sonríe estúpidamente ella—, debe de estar satisfecho.

La observa todavía con ganas de lamerla y ve enseguida a la posible novia.

—No lo estoy.

—Pudo pegarlo.

—Pude.

—Al menos, pudo.

Él bebe. La acotación es obvia, propia de la juventud. Desliza un maní en la boca, lo retiene con los dientes amarillos. Mastica. Y traga. El segundo y el tercero vienen juntos. Con el cuarto y el quinto en la boca se detiene a pensar. En media hora tendrá sal para veinte años. Va por el segundo porrón de cerveza, cuando lo abandona casi por la mitad. Acaba de recordar algo. Está repentinamente apurado.

Ella continúa parada, como esperando algo. Tal vez otro pedido. Se siente abrumado. Molesto con aquella actitud dócil de camarera.

Otro día terminarán la charla, le advierte.

Mete la mano en el bolsillo con torpeza para sacar la billetera y entonces asoma la cabeza.

El pájaro cae al piso.

Observa, desconsolado, el ala otra vez quebrada. Busca apoyo en la otra mesa. Pide a los nuevos ocupantes que desalojen, ese lugar no les corresponde.

Grita que ahí estuvo sentado, haciéndole compañía, un hombre. Es imperioso que vuelva.

Ya no le quedan restos. Entre vítores se agacha. De la cocina vienen. Apuestas hay. Que logrará atravesar

la puerta. Que no. Tres vivas y un brindis por el equili-
brista en cuclillas, la casa invita.

Desde el piso, solícita, ella le explica que no le ha dado
suficiente tiempo a los pedazos de madera. Que tal vez
empujando y presionando. Presionando mucho, sin hacer fuerza, pero sostenidamente, las cosas se pegaban.

—Lo mismo —agrega—, ocurre con las personas.

Pero él solo ve selva, y en el claro, a la camarera.
Otra que avanza risueña con el pastel. Hay una boda.
Entonces se levanta y decide que probará, para festejar
la ocasión, con aquel salto espectacular de la infancia,
de cuando era el campeón de la vuelta del carnero.

EN LA AZOTEA

Ya están aquí, dice el más viejo mientras aplasta el cigarro.

—¿Qué cosa?

La pregunta viene del pequeño que intenta subirse al alambre.

El otro muestra los dientes con desprecio:

—Los helicópteros, mira.

Escalando con dificultad logra la altura de su compañero. Desde allí mueve de un lado a otro la cabeza.

—¿Dónde dices que están? —las gruesas manos se aferran al alambre—, no los veo.

El primer hombre lo agarra por las piernas hasta que logra dejarlo quieto. Ya en la cima, su compañero levanta la voz:

—Pero la radio asegura que no.

—¿Qué no qué?

—Que no estamos contaminados.

El pequeño es un avestruz. Y los avestruces no pueden volar ni esconden la cabeza frente al peligro, pese a la leyenda. Mírenlo, piensa el primero, en vez de huir o de hundir la cabeza en la tierra de los maceteros, se estira sobre mis brazos como si quisiera tocar las nubes.

—Todavía no.

Abre mucho las piernas para mantenerse equilibrado. Se queda pensativo unos segundos y agrega:

—Pero lo estaremos. Esos helicópteros son el primer indicio.

Las manos hinchadas del pequeño se aferran al alambre. Abajo todo parece una postal. Nadie ha caído en la cuenta de la extraña invasión. Los helicópteros parecen sobrevolar solo para ellos.

—¿Cómo es que aún no los veo? —solloza.

—Ah, pero están ahí.

—Yo no los veo.

—Pero están.

—¿Es que piensan dejarme solo? —reprocha el tercer hombre acercándose.

El pequeño aprovecha para indagar casi en tono de súplica:

—¿Tú los ves?

Y el último, compasivo, como trataría a un enano responde:

—Los veo. Sin embargo, esos aparatos no me dicen nada.

Dobla los brazos, hace un nudo con ellos. Se acerca al más viejo y le ruega que descanse. Él lo sostendrá los siguientes minutos.

Depositado en brazos del tercer hombre, el pequeño alarga nuevamente el cuello. Todo le cuesta. Incluso reconocer que sigue ciego. Ciego como una tapia. Nadie, excepto él, parece preocupado.

Entonces lo asalta la duda y, doblando hacia ellos por primera vez el cuello, pregunta:

—¿Si los helicópteros no son reales?

—Lo son.

—¿Y si no estamos contaminados?

—Estamos.

—¿Si solo nos espían porque sí? —interviene, haciendo causa común, el último hombre.

—¿Será otro experimento?

—No deberíamos permitir que experimenten con nosotros.

—Es una suerte que todavía no nos hayan fumigado.

—¿Tú crees que se atrevan a tanto?

—¿Por qué no?

—¿Qué vendrá luego de la fumigación?

El cuarto hombre grita que solo quedan ellos, el resto logró escapar. Sin dejar rastro.

—Pensé que estábamos solos —masculla el segundo hombre.

Y el último: Yo también, hasta que los vi a ustedes.

A pocos metros el más viejo escucha en silencio. Se acerca de nuevo y toma el relevo. En pocos minutos el pequeño ha engordado. O tal vez él ha envejecido. Piensa en el tiempo de maduración de las cosas. Luego, en los avestruces. En su incapacidad de volar.

Espía con admiración las diminutas alas. El pico desdentado. El gaznate vanamente abierto contaminando el cielo. Por sobre los alambres el mundo es otra cosa. Conoce el latido del aire mejor que nadie, sabe que este sería el momento. ¿Por qué no lo intentaba de una buena vez?

Los otros: ¿No te molestan los ruidos?

—Un poco.

—¿Hasta cuándo estaremos así?

—Pronto lo sabremos.

Señalando el techo que se divisa contra la medianera, dice con impaciencia el tercer hombre:

—Ocultémonos, ahí no nos verán.

El segundo, terco, replica:

—Pero si acabo de subirme.

—¿Y si estamos acéfalos?

—¿Si no estamos contaminados?

—¿Si solo somos una excusa para que ellos logren algo que no comprendemos?

—Entonces deberíamos escapar.

—No, no podemos.

—¿Por qué? — pregunta el pequeño vibrando todo.

—Porque los avestruces no pueden volar.

Dice, categórico, el primer hombre.

Y el último:

—Porque vienen más helicópteros, mira.

LUCÍA EN EL CIELO

Lucía envejecía con dignidad hasta que tuvo ese sueño. Soñó que nada era serio y que volaba. Con los brazos abiertos, ya en el aire, tuvo el primer ataque de risa.

Podía observar a su madre con cierta ajenidad. Postrada en la cama, la madre soñaba que Lucía volaba.

Lucía, conocedora del equívoco, reía.

Sin embargo, aquello no daba para más. Era ahora o nunca. Por eso escapó por la ventana abandonándola para siempre.

Atravesó mares, campos y ciudades. Y hasta creyó (en más de un lugar) que otra madre la estaría esperando.

Qué divertida la gente y los obesos animales, pensaba. Los ordeñaría. Pero no.

Qué divertidos los rascacielos de vidrio con oficinistas aburriéndose dentro. Si hasta le entraban ganas de enjaularse y fumar un rato. Ya no le alcanzaban los ojos para ver todo lo que se le ofrecía, era el continente maravilla.

A los diez años de volar sin interrupción se le habían caído algunos dientes.

Pero, como nada era serio, todavía reía.

Para los descerebrados y otras miserias no tenía ojos porque la ponían a pensar y ella tenía otro mandato.

Hasta que una tarde descubrió a una niña tendida en una plaza. Junto a ella, un gato negro. El gato intentaba auscultarla. Sobre el cuello erguido le colgaba un estetoscopio.

Más tarde vio una polea con ruedas dentadas reptando por el pasto. Y luego, a escasos metros, sentados sobre un banco, un pájaro de madera sermoneaba a un hombre. Y, más allá, un rottwalier y una mujer amamantaban a un muerto.

En otro momento aquello hubiera sido para ahogarse de la risa. Solo que ahora seguía envejeciendo y ya la extenuaba hacer dos cosas al mismo tiempo.

Además, hacía años que tenía hambre.

Esa misma noche descubrió los helicópteros que sobrevolaban la azotea. Acorralados en el centro, y tratando de avivar la fogata, ahí la esperaban tres enanos y un avestruz.

Inesperadamente Lucía despertó, los tiró a la hoguera y se los comió.

Otro caso de canibalismo, todavía más escalofriante, acababa de ocurrir en Alemania, en la localidad de Rotenburgo. El caníbal se llamaba Armin M. Su víctima se había ofrecido y fue elegida entre otras seis. Hasta allí fue Lucía volando y sin ninguna charla previa, lo mató de tres puñaladas, lo colgó cabeza abajo y se lo comió.

FIN

ÍNDICE